Haar Naam is Elize

Jennie Pretorius

Malherbe Uitgewers Publikasie

Outeur: Jennie Pretorius
Voorbladontwerp: Malherbe Uitgewers

Geset in Franklin Gothic Book 12pt

Eerste Uitgawe 2025

1

ELIZE:

Dit is die jaar 1989. Die dorp: Citrusdal.

Elize skrik uit haar droomwêreld toe sy haar volle name hoor. "Elizabeth Roberta Marais van Heerden." Sy steek haar hand op. "Ek is hier, Juffrou." Sy is seker almal lag nou vir haar. Simpel name wat sy moes kry, genade! Aan die een kant is sy tog trots op haar name, al kry sy telkens skaam wanneer die onderwysers dit hardop uitroep.

Haar biologiese ma het blykbaar 'n briefie aan haar frokkie vasgesteek, met die woorde: *'Noem haar Elizabeth Roberta Marais.'*

Haar kosbare pleegouers het wel besluit om die name vir haar te gee, maar daarmee saam ook húlle van. Sy het nog altyd gewonder of dit dalk haar biologiese ma se volle name is, of dalk 'n ouma of oumagrootjie s'n.

Haar pleegmoeder, Petra, het 'n tyd gelede belowe dat sy haar sal help om haar biologiese ma op te spoor sodra sy haar skoolloopbaan voltooi het. Om eerlik te wees, is sy nog glad nie gereed daarvoor nie.

Natuurlik wonder sy aanhoudend waarom haar biologiese ma haar weggegee het vir aanneming. Sy is eintlik bang vir die antwoord, want die werklikheid is selde sprokiesagtig...

Oor 'n paar dae word sy sestien jaar oud, en al waarna sy nou uitsien, is haar partytjie.

Toe die klok lui, stap sy saam met haar klasmaats uit die klaskamer uit.

Haar beste vriendin, vrolike Lulu, hak by haar in. "Mater, ons gaan al amper partytjie hou! Wie het jy almal genooi?"

Elize glimlag geheimsinnig, haar donkerblou, byna pers oë, vol misterie en lag. "Ou nuuskierige agie, jy sal maar moet wag en sien. Pappa en Mamma het my toegelaat om die hele klas te nooi, aangesien ons tuin nou in Oktober baie mooi is, en daar genoeg ruimte is. Hoe klink pizzas en baie koek?"

"Hmmm, lekker!"

"Ons kan ook swem indien die weer dit toelaat. Ek sien so uit! Ek het 'n nuwe rok gekry vir my partytjie. My ouers gaan tuis wees om toe te sien dat alles glad verloop." Sy trek haar gesig. "Jy weet mos my pa is 'n dominee," sy sug, "ek is dus nie seker wie sal opdaag nie."

Dit is werklik nie altyd voordelig om die enigste dominee op die dorp se dogter te wees nie.

Ou Piet, die tuinier, gaan liggies in die bome hang vir die geleentheid, en Mieta gaan haar spesiale gemmerbier en vrugtepons maak. Dit gaan 'n partytjie wees waaroor daar nog baie gepraat gaan word.

Elizabeth, of te wel, Elize, soos sy genoem word, sal oor 3 dae, op 11 Oktober, sestien jaar oud wees. Sy is die enigste dogter van Dominee en Mevrou van Heerden.

Vandat Elize kan onthou, woon hulle in Citrusdal. Haar pa, Divan, het haar wel vertel dat hulle eers in die Kaap gewoon het totdat sy ongeveer twee jaar oud was. Sy is blykbaar in die Kaap gebore; Grote Schuur Hospitaal, om presies te wees. Sy het geen begeerte om in enige ander dorp te woon nie, sy is baie gelukkig hier in Citrusdal en al haar vriende is ook hier.

Haar ma is 'n bedrywige vrou en oral betrokke op die dorp en in die gemeenskap met welsynswerk, tesame met die kerkkantoor en haar pligte as Mevrou Dominee.

Ou Mieta staan dus baie in vir haar ma. Mieta woon agter die groot pastorie, op dieselfde erf in die stafkwartiere. Sy gaan slegs een keer in twee maande na haar huis naby Albertina. Mieta bak en kook die heerlikste kos en lekkernye. Toe Elize kleiner was, en bang geword het wanneer dit donker raak, het Mieta altyd die mooiste stories vertel sodat sy rustig kon raak.

Haar pa is vir haar soos 'n rots, altyd dieselfde en baie lief vir haar. Hy het haar geleer om altyd dankbaar te wees. Hy is ook die hele distrik se trooster, raadgewer en vredemaker – 'n paar karaktereienskappe van hom wat sy bewonder. Veral tydens pluktyd op die vrugteplase, is hy besonder besig met die seisoenarbeiders. Terwyl sy op haar fiets terug pastorie toe ry, besef sy dat sy eintlik baie gelukkig is, want sy het werklik alles wat sy nodig het, en meer. Dankbaarheid wel in haar binneste op, omdat hierdie twee mense wel besluit het om haar aan te neem, en haar ouers geword het. Dit laat haar sommer ekstra spesiaal voel.

Uiteindelik breek haar verjaarsdag aan en Pappa en Mamma maak haar wakker met 'n fraai koek waarop sestien kersies pryk.

Sommer so in die bed blaas sy blinkoog al die kersies dood.

"Vandag mag jy koek vir ontbyt kry." Haar ma se oë glinster ook.

Pappa oorhandig die toegedraaide boksie aan haar. "Dit is van my en Mamma."

Opgewek maak sy dit oop en staar verwonderd na haar geskenk: die mooiste polshorlosie met 'n ronde kop en 'n goue bandjie. Sy voel sommer sestien!

Sy spring uit haar bed en omhels haar ouers. "Baie dankie, Pappa en Mamma!"

Vanoggend help haar ma haar om haar hare uit te borsel en in 'n mooi poniestert agter haar kop vas te maak met haar skool lint.

"Daar het agtien van jou klasmaats bevestig dat hulle vanmiddag jou partytjie sal bywoon."

"Dankie, Mamma, ook vir al die reëlings vir vandag. Ek waardeer dit regtig." Sy glimlag; dit is seker omdat dit Vrydag is, dat daar soveel maats kan kom. Sy sien so uit na vanmiddag.

By die skool gee sy nie eers om toe haar name in die registerklas gelees word nie. Sy bloos toe die onderwyser haar gelukwens en die klasmaats vir haar sing. Tog is sy vreemd gelukkig. Vir 'n oomblik wonder sy of haar biologiese ouers ook die dag onthou, en of hulle ooit nog leef. Soos so dikwels in die verlede al, wonder sy weereens waarom hulle haar nie wou hê nie. Ma Petra het haar vertel dat haar ma nog baie jonk en ongetroud was toe sy met haar swanger geraak het. Waarom wou haar pa nie met haar ma trou en háár hou en self grootmaak nie? Sy weet tog teen dié tyd hoe sulke dinge werk... Sy skud haar kop om van die spinnerak-gedagtes ontslae te raak.

Voor Elize haarself kom kry, is dit tyd vir haar partytjie en almal daag min of meer gelyktydig daar op.

Le Roux, die eerstespan rugbykaptein, stap tot by haar. Windmakerig, soos altyd, maar hy bring darem vir haar 'n mooi hangertjie.

"Ek hoop nie jy gee om nie, maar ek het my kleinneef saamgebring." Hy skouer die outjie wat langs hom staan speels. "Dis Retief, hy kuier by ons."

Elize kyk verwonderd na die lang seun. Hy lyk nogal bekend en boonop het hy dieselfde bloupers oë as sy, flits dit deur haar gedagtes. Sy glimlag. "Ek gee nie om nie. Hallo, Retief." Sy voel sommer dadelik gemaklik in sy geselskap, asof sy hom lankal ken. "Hy is 'n volle dertien jaar oud, en kom van Kampsbaai af." Le Roux is duidelik besig om Retief te terg.

"Ja, my pa het 'n argiteksfirma daar. Ek kuier vir die naweek hier by Le Roux-hulle."

"Nou ja, laat ons gaan swem!" Sy pluk die rok wat sy bo-oor haar swemklere aanhet uit en duik in die swembad.

Die ander volg en terwyl hul swem, merk sy op dat Retief dieselfde geboortevlek op sy arm het as sy. 'n Ligte frons verskyn op haar voorkop.

Die partytjie is 'n groot sukses en almal komplimenteer haar. Sy laat selfs toe dat haar maats 'n foto van haar saam met Retief neem. Le Roux en Retief is van die laaste gaste om te vertrek.

Elize waai totsiens, draai dan om en stap baie in haar skik terug na haar kamer. Sy het heelwat geskenke ontvang: kleurvolle sakdoekies, 'n mooi beursie, reukwater en badsout.

2

INGE:

Iewers in Kaapstad word 'n vrou, ongeveer drie-en-
dertig jaar oud, wakker met die gelui van haar
wekker. Sy steek haar hand uit en druk die geluid stil.
Sy lê nog 'n oomblik om behoorlik wakker te word.
'n Koue rilling gly teen haar ruggraat af. 11
Oktober! Die rooiletter dag.

Sy knyp haar oë benoud toe en beleef weer die
oomblikke toe sy as sewentienjarige na die hospitaal
is om geboorte te gee. Sal sy dit ooit vergeet? Die
vreeslike pyn, die bang, die eensaamheid! Die
geboorte het byna dertien ure lank geduur, en sy
onthou die helder teaterligte bo haar kop. Dit het
gevoel of sy totaal ontbloot was.

Sy was alleen, met net die suster by haar.

Om kwart voor vyf die middag is haar, wat Inge is,
en Roberto se kindjie gebore. Al wat sy kon sien, was
die donkerkoppie en handjies wat verward swaai.

Die suster het die splinternuwe mensie vlugtig vir
haar gewys en met haar mond gevorm, "dogtertjie,"
en dadelik die teater verlaat met die skreeuende
babatjie in haar arms.

Minute later was sy gemaklik gemaak en gewas en na 'n saal gestoot. Sy onthou hoe seer haar borste was omdat sy nie haar kind kon voed nie.

Sy het reeds maande gelede al besluit om die kind vir aanneming op te gee, en het die volgende oggend die laaste dokumentasie geteken. 'n Jong, verwarde meisie, wat te vroeg ma geword het.

Na die bevalling is sy seer en moeg terug na die dameshostel waar sy met haar lewe moes aangaan, al het 'n deel van haar in die Grootte Schuur Hospitaal agtergebly.

Vir baie lank daarna het sy saans wakker geskrik van haar baba se gehuil. Sy het nag na nag die mooi gevormde donkerkoppie in haar drome gesien, die handjies met die lang vingertjies.

Vandag is haar dogter sestien jaar oud.

Sy het geen benul waar dié haar bevind, of hoe sy lyk nie. Haar hart trek saam van pyn, soos so baie keer in die verlede al. Dit was haar voorneme om nooit na haar kind te gaan soek nie, en sy het al hierdie jare nog daarby gehou.

Met 'n swaar sug klim sy uit die bed en maak gereed vir die dag.

Inge Viljoen is 'n uitstekende gesinsadvokaat wat haar daarop toespits om op te staan vir kinders en kinderregte in die hof.

Gelukkig is haar dagboek vol en sal sy vandag nie te veel kan tob nie, dink sy, terwyl sy haar donker hare droogblaas.

Tog dwaal haar gedagtes terug na haar donkerkop dogtertjie. Die maatskaplike werker het destyds vir haar genoem dat sy sommer vinnig aangeneem was deur 'n baie goeie ouerpaar. Daardie nuus het haar gehelp om tot 'n mate berusting te kry.

Terwyl sy 'n paar minute later kantoor toe ry, onthou sy hoe sy vinnig 'n nota in potlood geskryf en in die simpatieke suster se hand gestop het.

'Noem haar Elizabeth Roberta Marais'

Sy het egter geen idee of die suster dit wel aan die baba se kleertjies vasgesteek het nie. Sy weet net sy kan nie te veel daaraan dink nie, maar op dae soos vandag kan sy nie help om daaroor te wonder nie. Sy het daar in die hospitaal, in die donker nag, haarself met 'n eed beloof dat sy nie na die kind sou gaan soek nie. Indien die kind háár dalk iewers in die toekoms wil opsoek, sal dit 'n ander saak wees.

Kort na die geboorte van haar enigste dogtertjie, het sy besluit om haarself te bekwaam as advokaat om sodoende ander kindertjies en ouers te kon help.

Sy het nooit getrou nie, en al haar energie in haar studies gestort. Met tye het sy selfs drie werke gelyktydig behartig, om haar studies te kon betaal. Sy het haar regsgraad met lof geslaag, daarna haar meestersgraad aangepak, met min slaap en baie vasberadenheid.

Soms wonder sy of Roberto wel dood is op die grens, soos die weermag destyds vermoed het. Die vlammetjie van hoop dat hy tog nog leef, sterf telkens binne sekondes wanneer sy daaraan dink. Destyds, toe hy op die grens was, het sy hom per brief meegedeel dat hy pa gaan word. Ongeveer ses weke later het sy daardie selfde brief terugontvang met die boodskap: *'Offisier vermoedelik oorlede.'*

Die weermag het haar meegedeel dat hulle hom nie kon opspoor nie, en dat sy moet aanvaar dat hy oorlede is. Die kanse dat hy nog leef, was so skraal, dat hulle dit nie eers as 'n moontlikheid oorweeg het nie.

Sy was stukkend, verpletter.

Sy wonder dikwels wat sy reaksie sou wees indien hy geweet het hy is 'n pa van 'n pragtige dogtertjie. Alhoewel sy baie jonk was, het sy die lang man met die besonderse persblou oë, en die kuiltjie in die ken, baie liefgehad. Na hul dogtertjie se geboorte, het sy nooit weer so intens by 'n man betrokke geraak nie, maar eerder al haar tyd en energie aan haar beroep gewy.

Roberto was destyds saam met haar broer, Jans, in die weermag. Sý was 'n skraal, fyn dogter van sestien jaar toe sy hom die eerste keer ontmoet het. Roberto het vir 'n naweek-pas saam met Jans plaas toe gekom. Hy het haar oupa en ouma beïndruk met sy goeie maniere en intelligente gesprekke.

Hy het haar openlik op en af bekyk en haar hand plegtig geskud.

Sy onthou hoe sy opgekyk het in sy besonderse bloupers oë onder die lang wimpers. Die uitdrukking op sy gesig was ernstig en opreg. Hy het met haar gesels en belanggestel in alles wat sy doen en waarvan sy hou.

Sy moes haarself dwing om weg te kyk, en onthou hoe sy gebloos het, telkens wanneer hy intens na haar gekyk het. Hy het haar gevra of sy vir hom sal terugskryf indien hy vir haar sou skryf. Sy het geantwoord dat sy natuurlik vir hom sal skryf. Hy het uit sy maag gelag en dit "nuus uit die *states,*" genoem.

Daardie naweek het vir haar te vinnig verbygegaan.

Sommer gou het sy haar eerste brief van Roberto ontvang. Sy het dit oor en oor gelees, dadelik teruggeskryf en die brief impulsief met parfuum gespuit sodat hy haar kon ruik. Wanneer sy terugdink daaraan, weet sy sy was toe alreeds verlief op hom.

Jans het Roberto weer saamgebring omrede Oupa en Ouma hom genooi het om gereeld saam met Jans te kom kuier. Op een so 'n naweek is sy saamgenooi fliek toe, aangesien Jans tyd met sy meisie, Annelie, wou spandeer en sý dus vir Roberto geselskap moes hou. Sy en Roberto was vanuit die staanspoor baie gemaklik in mekaar se geselskap. Iewers deur die loop van die fliek, het hy sy arm om haar skouers geplaas. Sy het doodstil gesit en gevoel hoe haar hart bons, maar tog niks laat blyk nie. Na 'n rukkie het hy haar hand gevat en binne syne toegevou. Sy het baie daarvan gehou; veilig gevoel.

Daardie Sondag, net voor die bus moes vertrek met die weermagsmanne, het Roberto haar 'n soentjie op haar mond gegee en vir 'n oomblik teen hom vasgedruk. Sy onthou die reuk van sy bruin weermagklere en sy naskeermiddel.

Hy het weer saam met Jans gekom en heerlik saamgekuier by Oupa en Ouma op die plaas waar sy en Jans gewoon het. Hul ouers is oorlede in 'n motorongeluk toe sy slegs twee jaar oud was en Jans ses jaar oud. Oupa en Ouma het hulle ingeneem en met liefde en goeie waardes grootgemaak.

Haar en Jans se vriende was altyd welkom. Daar is dan piekniek gehou, geswem, musiek gemaak, en altyd lekker geëet. Ouma het daarvan gehou om hulle en hul vriende te bederf met allerhande snoeperye. Oupa het gereeld biltong uitgehaal en met sy knipmes gekerf, of vir hulle vleis gebraai.

Sondagmiddae het die tafel gekreun onder die heerlikste disse en poedings. Dit was lieflike, sorgvrye jare.

Toe kom die nuus per brief dat Jans en Roberto vir sewe dae sou huis toe kom voordat hul grens toe moes vertrek. Dit was juis skoolvakansie en sy het sommer baie uitgesien om hom weer te sien.

Toe Roberto haar met hul aankoms by die stasie styf teen hom vasdruk en soen, het sy byna flou geword van al die skoenlappers in haar maag.

Hulle het daardie week die opwindendste dinge saam met Jans en Annelie gedoen. Ook lang ente alleen gaan stap, met haar hand knus in syne. Sy het veilig en geborge gevoel. Hulle het beslis nie hande vasgehou voor Oupa en Ouma nie; vir hulle was dit 'n kwessie van slegs vriende wees.

Natuurlik het hulle in die plaasdam geswem ook. Tydens die spelery in die water, het Roberto het haar styf teen hom vasgetrek en sy oë was ernstig, ten spyte van die vrolikheid. Die persblou oë was vol liefde. Sy het so spesiaal gevoel. Sy het al hoe meer bewus geword daarvan dat sy dolverlief is op die jongman met die sagte, omgee hart.

Die dae was sonnig en heerlik. Sy het gewens dat dit nooit moet ophou nie. Hulle het gaan fliek op die dorp, musiek gespeel, geswem en saam met Ouma-hulle gekuier.

Sy en Ouma het so tussendeur bakke vol koekies en beskuit vir die twee weermagsmanne gebak om saam te neem grens toe.

Sy het vir Roberto al haar spesiale plekke gewys. Hy was altyd so beleefd en besorgd oor haar. Hy het haar hand al hoe meer vasgehou en haar van tyd tot tyd styf teen hom vasgetrek en dan sy gesig in haar nek gedruk en gesê dat hy haar reuk saam met hom wil neem grens toe. Sy moes ook plegtig belowe dat sy steeds gereeld sou skryf. Te vinnig het die week verbygegaan.

Die aand voordat hulle sou vertrek, het sy, Roberto, en Jans by Annelie-hulle se huis gaan kuier. Op 'n stadium het Jans gevra dat sy en Roberto hulle moet verskoon; hy en Annelie wou graag alleen na die sterre gaan kyk. Hy wou 'n laaste keer alleen saam met Annelie wees, want hulle sou eers weer na ongeveer drie maande terugkom van die grens af.

Sy onthou sy het nog beswaar gemaak omdat sy en Roberto dan alleen in die huis sou wees. Annelie se ouers was weg met vakansie.

Jans het net sy skouers opgetrek.

Sy was baie verleë om heeltemal alleen met Roberto te wees, maar ook vreemd opgewonde. Sy kon sy oë op haar voel. Hy het sy arm om haar lyf gesit en saam met haar die huis binnegestap.

Omdat sy nie heeltemal seker was wat om te doen nie, het sy aangebied om koffie te gaan maak. Sy het die ketel aangeskakel en deur die kaste gesoek het vir bekers, koffie en suiker; ietwat skaam om in 'n ander se huis rond te grou. Toe sy omdraai, staan Roberto met sy arms gevou teen die yskas. Die manier waarop hy na haar gekyk het, het haar woorde laat opdroog. Hy het sy hand uitgesteek, haar nadergetrek en toe styf teen hom vasgedruk.

Sy het haar arms om hom geslaan, met haar wang teen sy bors. Sy kon voel hoe vinnig sy hart klop.

Tydsaam het sy hand onder haar ken inbeweeg en haar gesig opgelig. 'n Klein glimlag het om sy lippe gespeel net voor hy haar soen, eers stadig en toe met al hoe meer passie.

Haar hele lyf het gebewe en allerhande warm gevoelens en begeertes het in haar opgevlam.

Hy het haar naam gefluister, soos wat sy nog nooit haar naam gehoor het nie, en haar byna oombliklik opgetel. Hy het haar saggies op die sitkamermat neergelê en styf langs haar ingeskuif. Sy kon sy hart teen haar oor hoor klop. Sag het sy soene op haar neergeval. Sy hande het onder haar bloesie inbeweeg en haar begin liefkoos. Sy het nog nooit so iets ervaar nie en wou hom nie keer nie, selfs nie toe hy haar denim se knopie losmaak nie. Sy het aan hom geklou soos 'n drenkeling.

Hy het haar in die oë gekyk. "Inge?"

Eers toe sy haar kop knik, het hy bo-oor haar geskuif. Met soveel teerheid het hy haar bemin, en agterna styf teen hom vasgehou. Hulle het so bly lê totdat hulle die deur hoor oopgaan. Sy is haastig badkamer toe en hy het vinnig kombuis toe gegaan om koffie te maak.

Jans en Annelie het ingekom en hulle het almal saam besluit om plate te speel en te dans.

Weereens het Roberto haar styf vasgehou met die 'close dance'. Hy het in haar oor gefluister, "Jy weet jy is nou myne. Wag asseblief vir my. Wanneer ek klaar is met die weermag, sal jy matriek geskryf het, dan trou ons. Ek is 'n goeie pos belowe by 'n argiteksfirma."

As antwoord het sy hom net omhels en saggies in die nek gesoen. Sy het geweet sy behoort aan hom.

Jans en Annelie is sowaar kamer toe, tot haar grootste skok, en sy en Roberto het op die bank in mekaar se arms aan die slaap geraak.

Vroegoggend het Jans hulle kom wakkermaak.

Roberto en Jans het vinnig 'n paar laatste goedjies in die dorp gaan kry, terwyl sy en Ouma blikke vol beskuit, koekies en biltong vir hulle inpak. Met hul terugkeer het Roberto haar eenkant toe geneem en 'n seëlring aan haar vinger gesit. Hy het haar vinger gesoen en plegtig belowe dat wanneer hy terugkom sal sy mevrou Marais word. Die afskeid was hartseer en moeilik. Sy het hom openlik gedruk, eintlik aan hom vasgeklou, terwyl sy hom totsiens soen. Hy moes versigtig haar hande om hom losmaak, en het haar vir oulaas teer op die voorkop gesoen. Daarna het hy in die trein geklim en gewaai totdat sy hom nie meer kon sien nie. Dit was die laaste keer wat sy hom ooit gesien het.

Die eerste paar weke sonder hom was moeilik, maar sy het vasgehou aan die herinneringe van die teerheid waarmee hy haar in sy arms geneem en bemin het. Sy het bly vashou aan die vooruitsig van sy terugkeer. Die brief wat hy op haar bed gelaat het, waarin hy sy liefde vir haar verklaar, het sy oor en oor gelees. Sy het die kamera se spoel laat ontwikkel en die foto's van hulle teen haar kamermuur geplak.

Sy het hierdie keer minder briewe van hom ontvang. Blykbaar kon die pos nie so gereeld afgelewer of opgetel word daar op die grens nie. Boonop was die briewe wat sy ontvang het, gesensor en sekere woorde en sinne doodgetrek. Sy kon darem wel uitmaak dat hy haar liefhet en baie na haar verlang.

Elke brief wat sy vir hom gestuur het, het sy eers met 'n bietjie van haar parfuum gespuit en 'n lipstiffie-soentjie daarop geplant voor sy dit in die koevert gesit het. Sy het sy laaste brief ontvang nadat hy reeds as 'waarskynlik oorlede' aangemeld was, maar dit het sy nie toe al geweet nie.

'n Geruime tyd later, nadat sy reeds per pos meegedeel was dat Roberto vermoedelik oorlede is, was Jans uit die hospitaal ontslaan en kon hy hulle vertel wat gebeur het. Volgens hom, was hy en Roberto saam met hul span uit om die area met hul metaalverklikkers te vee vir landmyne, toe een ontplof het. Hy is per helikopter na 1 Militêre Hospitaal toe geneem, waar hy verskeie operasies ondergaan het. Waarom die weermag hulle nie vroeër al in kennis gestel het van die ongeluk nie, kon hy nie verklaar nie. Hy weet self nie wat met Roberto gebeur het en of hy dalk een van die slagoffers was wat só vermink was dat hulle hom nie kon uitken nie.

Sy was verpletter en het haar standerd agt eksamen met moeite voltooi. Oupa is 'n kort rukkie later oorlede aan sy hart, en Ouma moes in 'n klein huisie op die dorp gaan woon.

Ouma het besluit dat sy na 'n dameshostel in die Kaap moes gaan en het reeds voorsiening gemaak dat sy 'n sekretariële kursus moes doen. Met Oupa se erfgeld in haar handsak en haar besittings in haar tas, het sy by die hostel aangemeld.

Te skaam om aan Ouma te erken dat sy swanger is, het sy besluit om vir eers nie by haar te gaan kuier nie. Ouma sou beslis nie die skandaal oorleef nie. Sy is steeds nie seker of dit 'gelukkig' of 'ongelukkig' is nie, maar Ouma is oorlede voordat haar kind nog gebore is.

Gedurende haar laaste twee maande van swangerskap het sy in die tehuis vir ongehude moeders gaan bly. Sy onthou die pers vygies in die tuin en al die jong meisies se vol lywe. Almal was bang om geboorte te gee. Wanneer die tyd dan aangebreek het, word die meisies hospitaal toe gevat, en kom nie weer terug nie. Einde van die pad.

Inge het met haar studies voortgegaan na die geboorte van haar dogtertjie, en die hoofstuk agter haar geplaas met die besluit om ander vroue, gesinne en kinders te help. Sy wou 'n gesinsadvokaat word. Sy het haar doel bereik, en is 'n goeie pos aangebied by die Advokate Kamers en het in 'n goeie buurt ingetrek. Met 'n luukse meenthuis en 'n duur motor later, het sy gevoel sy het haar droom bewaarheid.

Alhoewel sy Roberto en hul kind baie mis, het sy wel so af en toe saam met mans gaan eet of fliek, maar het niemand na aan haar toegelaat nie. Haar hart sou Roberto s'n bly. Sy het die mooiste foto van hom uitgehou en van tyd tot tyd daarna gekyk. Die ernstige, persblou oë, die kuiltjie in die ken, die lang lyf ... en geweet sy sal nie weer by enigiemand anders betrokke kan raak nie. Een keer het sy selfs vir die man in die foto vertel dat hy 'n dogter het.

Vinnig vee sy die trane van haar wange af toe sy op haar parkering by die werk parkeer. Sy beweeg haar skouers liggies om die herinneringe af te skud. Soos altyd, sal sy ook vandag haar volle aandag aan haar werk gee. Sy het nie so suksesvol geword deur leeg te lê en oor die verlede te peins nie.

3

ROBERTO:

In 'n ander spoggerige woonbuurt in die Kaap staan 'n man op die balkon van sy groot luukse woning. Hy teug aan 'n stomende beker koffie. Sy seun, Retief, het die naweek by sy neef se seun in Citrusdal gaan kuier. Met sy terugkoms het hy oor 'n meisie met die naam Elize, gepraat. Hy het hom nie veel daaraan gesteur nie. Tieners, het hy gedink, en was dankbaar dat Retief vriende gemaak het.

Maar die outjie se opgewondenheid, wat byna aan verliefdheid grens, het sy gedagtes aan die loop gesit, en hy wonder vandag weereens oor Inge, sy jeugliefde. Sy was vir hom so pragtig!

Roberto is gebore as die enigste seun van Marthinus le Roux Marais en Anne Georgina.

Die gesin het eers in 'n buurland gewoon en Marthinus was 'n baie suksesvolle sakeman en boer. Roberto het gemaklik grootgeword en het die plaaslewe baie geniet. Dit was die dae toe Zambië nog Rhodesië was. 'n Goeie lewe met geen te kort nie. Toe die onrus egter in die land begin, het sy pa besluit om hom na die Kaap te stuur en in 'n goeie skool en koshuis geplaas, sodat hy uitstaande onderrig kon ontvang, en ook gewoond kon raak aan Suid-Afrika. Hulle plan was, om sodra al hul sake afgehandel is, ook te volg.

Roberto het op sestienjarige ouderdom alleen Kaap toe gekom en die koshuislewe baie geniet. Hy het gou aangepas en op akademiese- sowel as sportgebied presteer. Hy was gou gewild en in sy standerd tien jaar was hy hoofseun van sy skool. 'n Paar weke voor die eindeksamen, het beide sy ouers tragies in Rhodesië verongeluk. Roberto kon nie gaan afskeid neem nie en die trauma was vir hom oorweldigend.

Op agtienjarige ouderdom was hy alleen oor, en die enigste erfgenaam. Hy het matriek voltooi en is universiteit toe, waar hy begin het met sy studies as argitek. Hy was byna klaar, toe hy besluit het om sy studies te onderbreek en eers diensplig te gaan doen, waarna hy dan sy studies sou voltooi.

Die weermag was vir hom vreemd, met al die bang jongmanne, skaars klaar met skool. Hy was uit die aard van die saak 'n paar jaar ouer as hulle en 'n natuurlike leier. Dit was hier waar hy die negentienjarige Jans ontmoet en leer ken het. 'n Spontane, vriendelike jongman wat ook op 'n plaas saam met sy grootouers gewoon het. Hulle was sommer gou vriende.

Jans het hom saamgenooi plaas toe tydens hul eerste naweek-pas. Nooit sou hy kon dink dat die kuier op die plaas sy hele lewe sou verander nie. Jans se oupa en ouma was vriendelike, opregte, eerlike en hartlike boeremense. Hulle het hom in die huis ontvang soos 'n seun. Hy onthou Oupa was die stiller een, en Ouma het die heerlikste disse gemaak. Hy het nog nooit weer beskuit geproe soos sý dit kon bak nie. Die plaas was besonders en het hom laat terugverlang na sy sorgvrye kinderjare. Hy sal altyd dankbaar bly dat Jans sy pad gekruis het.

Tydens daardie eerste kuier het hy Jans se suster, Inge, ontmoet. Hy moes homself dwing om nie te staar nie. Sy was nog jonk, in die hoërskool, maar met wyse oë; pragtige, groot, donker oë, met lang wimpers. Haar mond was vol, en kuiltjies in die wange het sy hart sommer vinnig verower. Haar lang, donker hare het vêr oor haar skouers gehang, en sy was klein en fyn gebou.

Hy kon hom verkyk aan die manier hoe haar gesig ophelder wanneer sy geesdriftig aan die gesels raak. Met soveel entoesiasme het sy saam met hom en Jans die plaas platgeloop, en hulle was byna onmiddellik goeie vriende. Al het hy Jans as 'n broer beskou, kon hy haar glad nie as sy suster ag nie, daarvoor het sy hart hom verraai. Hy was verlief op die meisiekind. Hy moes homself dwing om haar hand te los met die ontmoeting. Hy het besef sy is jonger as hy en dat hy baie versigtig moes wees.

Hy was ongelooflik bly toe Inge ingestem het om vir hom briewe te skryf terwyl hy in die weermag is, en hy kon op posdae nie wag vir haar netjiese handskrif en die lekkerruik briewe nie.

Tydens een van die naweke wat hy weer saam met Jans plaas toe gegaan het, het hulle gaan fliek. Jans, Annelie, Inge en hy. Hy het sy arm om haar skouers geplaas en hy kon voel sy aanraking stuur trillings deur haar liggaam; net soos dit adrenalien-golwe deur sy are gejaag het. Hy het die klein, vroulike hand in syne geneem en kon later niks van die fliek onthou nie.

Toe hy en Jans na die naweek moes terugkeer na hul militêre basis toe, het hy haar gesoen. Hy het die fyn mensie teen hom vasgehou en geweet dat hy nooit weer 'n ander vrou sou kon liefhê nie. Die uitdrukking in haar oë het hom vertel dat sy vir hom ook omgee. So ook haar briewe.

Die nuus dat húlle regiment grens toe moes gaan, was vir hom 'n geweldige skok. Al het hy geweet dat dit die een of ander tyd sou gebeur, was dit nogtans vir hom 'n innerlike worsteling om homself emosioneel voor te berei daarvoor. Aangesien hy in die ou Rhodesië grootgeword het en die politieke woelinge beleef het, het hy die erns daarvan goed besef.

Gelukkig kon hulle eers plaas toe gaan voor hulle grens toe moes vertrek. Daardie paar dae was vir hom die beste ooit. Hy en Inge het hand aan hand gestap. Sy sou vir hom bloeisels optel, lag en saam swem in die plaasdam. Hy onthou hoe hy die klein mensie teen hom vasgehou het en dat hy die verwondering en liefde in haar oë kon sien.

Die vier van hulle het by Annelie-hulle se huis gaan kuier daardie laaste aand voor hulle weer moes vertrek. Jans het natuurlik ander planne gehad en wou alleentyd met Annelie hê.

Inge was haar vrolike self en het so bekoorlik gelyk in haar denim en kort, geel toppie wat 'n stukkie lyf gewys het wanneer sy beweeg. Sy het 'n paar hoë, wighak sandale aangehad, maar het hom steeds kwalik by sy skouers gepas. Sy het aangebied om koffie te maak, hy kon sien sy was op haar senuwees. Hy het saam met haar kombuis toe gedrentel en gewonder hoe hy haar gaan vertel dat hy haar liefhet. Sy het in die kaste gevroetel en toe omgedraai om die melk in die yskas te kry.

Hy het teen die yskas gestaan en haar dopgehou. Hy kon homself nie keer nie, hy het sy arms om haar gesit en haar versigtig gesoen. Tot sy grootste vreugde het sy hom teruggesoen.

Hul was jonk, verlief!

Hy het haar in sy arms opgetel en sitkamer toe gedra en langs haar op die mat gaan lê; haar kop teen sy bors. Sy hart het byna uit sy borskas geklim. Haar sagte, bekoorlike reuk kan hy tot vandag nog onthou, haar skoon hare teen sy wang.

Hy het haar weer en weer gesoen, en gou het die soene inniger geword. Sy het steeds aan hom vasgeklou en voordat hy homself kon keer, het sy hand onder haar toppie inbeweeg. Hy kon haar hart voel klop. Vol hartstog het hy die knopie van haar denim losgemaak. Sy het stywer teen hom gedruk, en toe hy haar naam fluister, het sy haar kop instemmend geknik. Hy het haar bemin met alles in hom. Nog nooit weer het hy 'n vrou so liefgehad nie.

Daarna het hy haar styf teen hom gekoester, totdat hulle Jans en Annelie by die deur gehoor het.

Sy het haastig opgespring, en hy is kombuis toe. Jans en Annelie is later kamer toe. Hy en Inge het tot vroegoggend op die bank in mekaar se arms gelê en gesels tot hulle aan die slaap geraak het.

Die volgende oggend is hy en Jans dorp toe terwyl Inge en Ouma koekies en beskuit vir hulle verpak het om saam te neem. Inge was vir hom nog nooit so mooi nie. Haar oë het gestraal, haar wange rooskleurig. Sý Inge!

Hy het haar die vorige aand reeds beloof dat hy hare is, en dat hy, wanneer hy klaar is met die weermag, met haar gaan trou. Hy het genoeg geërf, ook om sy eie praktyk te begin. Hulle het vir ure lank saam planne beraam en die volgende oggend het hy vir haar 'n seëlring gekoop wat hy aan haar vinger gesteek het net voor hulle vertrek het. Mooi Inge is syne, het sy hart gejubel.

Op die stasie het hy haar openlik voor Oupa en Ouma gesoen en teen hom vasgedruk.

Sy het bly waai totdat hy haar nie meer kon sien nie.

Daar op die grens het hulle klomp mansmense soms allerhande kattekwaad aangevang om die spanning van die oorlog te breek.

Hy en Jans het gewoonlik saam met hul span gevee vir landmyne, en toe, op 'n dag, gebeur die ergste – iemand het op 'n landmyn getrap en dit het ontplof. Hy onthou tot vandag nog die reuk daarvan en die ondeursigtige stofwolk wat byna onmiddellik gevolg het; die angswekkende geluide en die doodse stilte daarna.

Hy kan nie veel onthou nie. Hy weet net dat hy na Jans geroep het en dat daar baie bloed was, nie seker of dit syne was nie.

Toe het alles swart geword.

Hy het wakker geskrik terwyl hy gesleep-dra word, die pyn was onuithoubaar. 'n Paar Angolese plaaslike inwoners het hom gevind, waar hy vêr van die ander af gelê het as gevolg van die slag. Hulle het hom op 'n primitiewe manier versorg so goed soos hulle kon. Hy het geen benul van tyd gehad nie, en nie geweet hoe lank hy daar was nie. Die wond aan sy kop was waarskynlik verantwoordelik vir sy geheueverlies. Hy het vir 'n tyd lank nie geweet wie hy was nie. Sy been het ook seergekry en daar was skrapnel oral op sy lyf en gesig.

Op 'n dag het sy geheue begin terugkom. Teen dié tyd kon hy so op 'n manier met die mense kommunikeer. Hy kon verduidelik dat hy moes terugkom Suid-Afrika toe. Hy het ook vir Inge onthou, en haar ongelooflik baie gemis. Hy kon nie dink watter vrees sy moes hê oor hom nie. Hy was ook bekommerd oor Jans. Dit was egter moeilik, omdat hy geen vorm van identifikasie by hom gehad het nie. Hy het geen ander keuse gehad as om vir eers by sy weldoeners te bly en hulle te help nie. Ten minste kon hy sodoende geld spaar. Genadiglik het hy op 'n dag 'n vliegtuig opgemerk.

Hy het opgewonde daarna beduie, een man het verstaan en hom die volgende dag na die dorpie geneem. Daar kon hy hulp kry. Hy moes egter eers teruggaan Zambië toe om sy dokumentasie uit te sorteer voordat hy kon terugkeer na Suid-Afrika.

Hy kon nie vir Jans opspoor nie, aangesien hy geen kontakbesonderhede gehad nie en ook nie dadelik met iemand by die weermag kon kontak maak nie.

Nadat hy in Zambië aangekom het, het hy die plaas se naam probeer onthou waar Jans en Inge gewoon het. Toe hy uiteindelik 'n kontaknommer kry, het hy verneem dat Oupa en Ouma oorlede is, en niemand weet wat van Inge of Jans geword het nie.

Dit het lank geneem om sy dokumentasie in orde te kry. Hy was gelukkig dat sy pa se vriend hom kon help. Na 'n baie lang tyd was hy uiteindelik weer terug in Suid-Afrika. Hy het 'n ruim dakwoonstel gekoop en sy studies voltooi.

Die volgende jaar het hy sy praktyk geopen. Hy was geseënd, dit het goed met hom gegaan.

Hy het vir Inge en Jans bly soek, maar sonder enige sukses.

Tyd het aangestap en tydens 'n funksie een aand, het een van sy kennisse hom aan Marina voorgestel. Sy was 'n beeldskone rykmansdogter, wat goed ingepas het in sy leefstyl en wêreld. Gou het sy begin praat van trou en hy het ook besluit dit is seker die beste, al het sy hart steeds na Inge gehunker.

Die huwelik is van die begin af stormagtig. Marina is 'n bederfde brokkie en maak dinge moeilik. Sy is nie net veeleisend nie, maar behandel hom boonop sonder respek. Uit die huwelik is 'n seun, Retief, en 'n tweeling dogters gebore. Hy bly slegs in die huwelik ter wille van húlle.

Met 'n swaar sug spoel hy sy koffiebeker uit en vertrek dan na sy kantoor om met sy dagtaak te begin.

4

Met die aanbreek van die Desember skoolvakansie laat Elize die film ontwikkel van die kamera waarmee hulle foto's tydens haar partytjie geneem het. Toe sy en ma Petra die foto's later gaan haal, is sy verstom om te sien hoe baie Retief na haar lyk.

Sy wys vir Mamma, maar dié sê slegs: "Miskien moet jy Le Roux se kleinneef vir eers vermy."

"Hoekom, Mamma?"

"Omdat ék so sê."

Terugpraat is nie eers 'n opsie nie, en sy weet teen dié tyd al dat sy geen verduideliking gaan kry wanneer haar ma dáárdie antwoord gee nie. Sy frons verward; dit is tog nie só 'n onbillike of ingewikkelde vraag net om te wil weet waarom sy iemand moet vermy nie...

Dae later vertrek hulle Hartenbos toe nadat Pappa die Kersdiens waargeneem het. Sy sien so uit daarna. Met hul aankoms merk Elize dat Retief, en waarskynlik sy ouers, ook daar is.

Sommer gou kuier sy en Retief saam – in die geheim natuurlik, want haar ma het nog laas gesê sy moet hom vermy. Sy ontmoet ook sy twee jonger sussies.

Net voor die vakansie heeltemal verby is, neem sy Retief saam na hul karavaan. "Mamma, Pappa, julle onthou mos vir Retief, Le Roux se kleinneef, wat ook by my partytjie was? Hy en sy ouers is ook hier met vakansie."

Mamma se oë rek en sy gee haar 'n kwaai kyk voor sy haar blik na Retief draai. "Ons sal graag jou ouers wil ontmoet. Vra hulle asseblief om vanaand hier by ons te kom braai."

"Ek sal hulle vra, Tannie."

Roberto kyk fronsend na Retief toe dié hom meedeel dat sy nuwe vriendin, Elize, se ouers húlle graag wil ontmoet.

"Asseblief, Pappa?" dring hy aan. "Dit is die meisie van wie ek Pappa vertel het by wie se partytjie ek saam met Le Roux was."

"Nou maar goed," stem hy half teësinnig in.

Hy pers sy lippe saam. Hy wou hierdie Kersvakansie nie oorsee gaan nie. Marina was van die begin af woedend daaroor, maar hy het vas bly staan by sy besluit om Hartenbos toe te kom en die kinders 'n deel van hul eie mooi land te wys. Marina loop sedertdien met stywe lippies rond, maar ontdooi tog effens van tyd tot tyd. Hy weet dit gaan nie so maklik wees om haar te oorreed om by Retief se nuwe vriendin en haar ouers te gaan braai nie.

Die braaivleisvuur brand reeds hoog toe Roberto en sy gesin by Elize-hulle se karavaanstaanplek opdaag.

"Goeienaand, julle, ons is Elize se ouers. Ek is Petra, en dié is Divan, my man. Hy is predikant op Citrusdal. En vir Elize, ons enigste, ken julle seker teen die tyd al."

"Aangename kennis, julle. Ek is Roberto en hierdie is my vrou, Marina; en nee, ons het nog nie vir Elize ontmoet nie." Hy verskuif sy blik na die meisie wat skaam langs haar moeder staan en hy word yskoud. Die meisiekind is fyn en klein gebou met presies dieselfde kleur oë as hy! Koppige kennetjie en kuiltjies, lang donker hare... Sy laat hom aan Inge dink. Dit voel vir hom asof hy haar ken.

Hy kyk haar vreemd aan, peinsend, en neem dan haar hand. "Jy sê jou naam is Elize?"

"Ja, Oom."

Hy frons en lyk verward wanneer hy na haar pa kyk. "Wat is Elize se geboortedatum en haar ouderdom?"

"Sy het die 11de Oktober sestien jaar oud geword. Waarom vra jy?"

Hy skud sy kop liggies. "Ek was jare gelede in die weermag en het 'n meisie met die naam Inge geken. Elize laat my baie aan haar dink."

"Ek sien," is al wat Pappa sê.

Later, toe die jongmense alleen eenkant sit en kuier, neem Elize vir Retief in haar vertroue en vertel hom dat sy aangeneem is. Sy weet nie hoekom dit haar gepla het nie, maar sy was nogal vieserig vir haar pa toe hy dit nie vir oom Roberto gesê het nie.

Die kuiertjie word glad nie uitgerek nie, en Roberto-hulle groet byna direk na ete. "Dankie vir die heerlike kos. Julle moet 'n rustige aand verder hê."
"Julle ook, dankie," sê Divan.
Op pad terug na hul woonstel dwaal Roberto se gedagtes. Hy het wel destyds, toe hy uiteindelik weer terug in Suid-Afrika gekom het, na Inge gaan soek. Hy het geweet sy sou hom soek en oor hom rou. Agterna het hy uitgevind dat hy as oorlede aangemeld is en dat daardie nuus ook aan haar oorgedra is. Die weermag het egter die rekords reggestel toe hulle verneem dat hy die landmyn-ontploffing oorleef het en terug is in Suid-Afrika.
Hy kon Inge nêrens opspoor nie. Hy het wel later vasgestel dat Jans lank in die hospitaal was en daarna saam met Annelie geëmigreer het. Hy, wat Roberto is, het met Marina getrou, maar kon nooit van Inge vergeet nie. Haar lang, donker hare; haar pragtige gesig; haar fyn liggaamsbou; haar mooi stem.
Al is Marina 'n koppige, selfsugtige mens, weet hy dat hy ook 'n aandeel daarin het dat hul huwelik nie voorspoedig is nie. Hy is nie eenhonderd present in die huwelik nie; hy bly onbewustelik na Inge verlang. Oral waar hy gaan, soek hy na haar.
Hy en Marina het met vakansie gekom om die huwelik 'n laaste kans te gee, maar nou, nadat hy

Elize ontmoet het, weet hy dit gaan nie werk nie. Sy hart is steeds Inge s'n.

Twee dae later, terwyl Marina besig is met haar eie dinge, stap Roberto na Divan-hulle se karavaanstaanplek om in privaatheid met hom te kom gesels oor Elize. Hy weet nie regtig wat hy verwag om te hoor of uit te vind nie, maar iets dryf hom.

Hy is ongelooflik omgekrap toe hy sien dat die staanplek leeg is en die bure hom vertel dat die dominee en sy gesin vroeg gisteroggend al vertrek het.

Toe hy terug by die woonstel kom, is Marina dwarstrekkerig en wil dadelik huis toe. Sy en haar vriendinne wil Europa toe gaan. Hulle vertrek in stilte, soos 'n stilte voor die storm, weet hy.

5

Tuis pak Marina haastig haar tas en vertrek alleen saam met haar vriendinne. Hulle beplan om ten minste 'n maand lank weg te wees.

Hulle huwelik is verby, dit weet hy, en begin met die egskeidingsprosedure.

In hierdie tyd ry hy Citrusdal toe, die onsekerheid kan hy nie meer verduur nie.

Divan en Petra ontvang hom vriendelik.

Hy wil nie moeilikheid veroorsaak nie, maar die hele gedoente met Elize vreet aan hom. Versigtig vra hy hulle uit oor haar, en uiteindelik vertel hulle hom van die jongmeisie wat jare gelede geboorte gegee het, en nie die baba kon grootmaak nie.

Hy kry al die besonderhede wat hulle tot hulle beskikking het, en is vasbeslote om die waarheid uit te vind.

Tot sy grootste frustrasie kry hy nie dadelik tyd daarvoor nie, aangesien sy werk, sy gesin en die egskeidingsproses sy tyd in beslag neem. Hy neem hom egter voor om daaraan aandag te gee sodra die egskeiding gefinaliseer is.

Die tyd sleep traag verby en hy is bly om Marina te sien toe sy terugkeer van haar Europese vakansie.

Al waarop hy hoop, is dat sy nie die proses onnodig gaan uitrek nie.

Weke later moet hy en Marina 'n gesinsadvokaat gaan spreek ten einde die egskeiding te finaliseer. Hy het nou wel die egskeiding geïnisieer, maar Marina het soos gewoonlik oorgeneem toe sy tuis kom. Sy wil asseblief tog net altyd in beheer van sake wees. Dit was sý wat hierdie afspraak gemaak het.

Hulle stap die kantoor binne en sy oë dwaal deur die deftige vertrek. Die gebou se boustyl het hom sommer dadelik gefassineer.

Voor hom, met haar rug na hom gekeer, staan 'n vrou met lang, donker hare en 'n fyn postuur. Sy draai om en steek haar hand uit om te groet.

Hulle oë ontmoet, en hy snak na sy asem. Dis dan Inge! Mooier as ooit!

Hy hou haar hand vas, soos daardie heel eerste keer, jare gelede.

Sy kry eerste haar stem terug. "Roberto! Ek het nie opgelet na die naam op die lêer nie. Dit is jy! Ek het gedink jy is dood!" Haar donker oë is wyd gerek, sy is duidelik oorbluf. Trane dam in haar oë op en sy moet al haar wilskrag inspan om haar emosies onder beheer te bring.

Hy sukkel weereens om haar hand te los, en nadat hulle gaan sit het, vertel hy haar wat destyds gebeur het.

"Kan ons asseblief fokus op dít waarvoor ons gekom het?" snip Marina, glad nie beïndruk daarmee dat hulle so ingenome-verras lyk om mekaar te sien nie.

"Natuurlik." Inge vestig dadelik al haar aandag op die kwessie van hul kinders.

Daarna stap Roberto en Marina uit en verdwyn in die gang af.

Eers toe die egskeiding finaal afgehandel is, skakel hy vir Inge en vra dat sy hom asseblief iewers vir ete ontmoet. Daar is iets dringend wat hy met haar moet bespreek. Sy willig in en hulle spreek af waar hulle mekaar sal kry en beëindig die oproep.

Sy lyk pragtig in die swart rokkie, met haar lang, los hare. Hy staan op en steek sy arms na haar uit. Sy pas steeds volmaak in sy arms, en hy weet dat hy nooit opgehou het om haar lief te hê nie.

Voordat hy nog kon praat, prewel sy met trane in haar oë. "Daar is iets wat ek jou moet vertel, Roberto. ... Jy ... ek en jy ... het 'n dogter. Ek het haar slegs vir 'n oomblik gesien na sy gebore was, daarna nooit weer nie. Ek het haar opgegee vir aanneming. Ek weet nie eers wat haar naam is nie."

"Ek het so 'n vermoede gehad," fluister hy.

"Hoe so?"

Hy gaan staan op sy knieë voor haar. "Ek is so jammer dat ek nie daar was in jou moeilikste tyd nie." Dan staan hy op, trek haar nader en hou haar teen sy bors vas.

Sy stem is skor wanneer hy weer praat. "Ek het ons dogter ontmoet. Ek het natuurlik nie toe reeds geweet dis ons dogter nie, maar ek het 'n sterk vermoede gehad."

"Wanneer ... W-Waar?"

"In Hartenbos, verlede Desember. Dis 'n lang storie, ek sal jou later alles vertel. Haar naam is Elize."

Sy trek haar asem verras in en trane wel weer in haar oë op. "Ek het destyds in die hospitaal vir die suster 'n papiertjie gegee waarop ek geskryf het dat hulle haar Elizabeth Roberta Marais moet noem."

"Jy het haar my naam en van gegee," prewel hy, al weet hy dit reeds, dit is deel van die inligting wat hy by Divan-hulle ontvang het. "Weet jy, sy het my oë gekry, maar jou mond. Sy lyk baie soos jy."

Hul staan lank in mekaar se arms. Gelukkig en tevrede.

Roberto en Inge spandeer die volgende paar weke om mekaar weer te vind en verlore tyd in te haal. Een oggend kom hy by haar aan met die nuus dat hy 'n afspraak met dominee Divan en sy vrou, Petra, gemaak het.

"Ek weet jy het gesê dat jy nooit uit jou eie na ons dogter sal gaan soek nie, maar toe jy gisteraand noem dat jy haar graag eendag wil ontmoet, het ek hulle sommer dadelik gebel."

"En sê nou net sy wil my nie sien nie?"

"Dan vertrek ons weer. Jy sal nie alleen wees nie, ek gaan saam met jou."

"Dankie, Roberto."

Nou is hulle haastig om in Citrusdal te kom. Divan het belowe om vir Petra in te lig dat hulle op pad is, en dat hulle oor die saak sou bid.

Die besoek verloop goed. Almal is dankbaar en stomgeslaan oor mekaar se verhale.

Divan trek sy asem diep in en blaas dit stadig uit. "Dit is die weë van die Here. Ek en Petra sal Elize altyd as ons kind beskou, al sou sy verkies om by julle te gaan woon. Sy is immers in ons sorg geplaas toe sy skaars 'n paar dae oud was, en ons is haar wettige ouers. Sy is nou in standerd nege."

Petra se stem bewe. "Ek versoek net dat ons Elize self sal laat besluit oor haar toekoms. Net so graag soos júlle haar in julle lewe wil hê, wil óns ook. ... Sy is nog by die skool, en sal binne 'n paar minute tuis wees."

Inge bars in trane uit. "Ek kan julle nie genoeg bedank dat julle my baba aangeneem het en met soveel liefde grootgemaak het nie. Dit is nie my intensie om haar by julle te kom wegneem nie. Julle is ál ouers wat sy ken, en soos jy gesê het, haar wettige ouers. Ek wil haar net baie graag ontmoet. Ons sal dinge hanteer soos dit op ons pad kom. Dag vir dag."

"Dankie," prewel Petra.

Divan staan op toe hy die motorhuis se deur hoor oopgaan. Hy stap Elize tegemoet en vra dat sy saam met hom studeerkamer toe kom.

Sy kan nie dink wat sy verkeerd gedoen het nie. Haar laaste skoolrapport is uitstekend met selfs 'n paar onderskeidings. Sy weet regtig nie... Haar pa lyk ook vir haar onnatuurlik bleek.

Skielik gooi hy sy arms om haar en hou haar 'n oomblik styf vas. "Jy weet dat ek en Mamma altyd daar sal wees vir jou en dat ons jou baie liefhet, nè?"

"Ja, Pappa." Sy verstaan nou nog minder wat aangaan, maar stap saam met hom binnetoe.

Toe sy die studeerkamer binnestap, sien sy dat oom Roberto en 'n onbekende vrou daar by Mamma sit. Die vreemde vrou is beeldskoon. Haar donker oë skiet vol trane en haar hand skuif oor haar mond toe sy Elize raaksien.

"Elize," sê Pappa, "kom staan hier by my." Sy gaan staan tussen Pappa en Mamma. Hul is ook tranerig.

"Wat is fout?" vra sy grootoog.

Pappa maak keelskoon.

"Elize, ontmoet jou biologiese ouers. Jy het reeds vir oom ... uhm, jou pa, Roberto, ontmoet. Dié is jou ma, Inge. Hulle sal al jou vrae kan beantwoord, my kind."

Inge stap nader en steek haar arms uit, en Elize stap huiwerig in haar omhelsing in.

Inge ruk soos sy huil terwyl sy haar dogter krampagtig teen haar vasdruk.

Sy ruik lekker, dink Elize. Dit voel ook nie juis ongemaklik om deur haar vasgehou te word nie. Roberto stap nader en trek hul albei in sy omhelsing in. Haar eie Pa! Sy het nooit gedink dat dit is waarna sy verlang nie, maar nou voel sy voltooi.

Later sit sy en haar biologiese ouers in die tuin en tee drink. Sy verkyk haar aan die twee mense. Hulle vertel haar hulle verhaal, en sy het begrip vir hulle situasie. Sy huil saam met hulle.

Sy kan selfs vir Ma Inge sê dat sy verstaan waarom sy haar laat aanneem het. Daarna neem sy beide haar ouers se hande in hare. "Maar hoekom my name, Elizabeth, Roberta Marais? Ek het altyd daaroor gewonder?"

Ma Inge glimlag. "Elizabeth was jou ouma se name, en Roberto is jou pa s'n en sý van is Marais! Ek wou hê dat jy jou ouma se naam moes dra, en ook jou pa s'n. Ek is dankbaar dat jou pleegouers jou so mooi grootgemaak het, en ook die name vir jou gegee het, soos ek op die nota versoek het. Ek het so gebid en vertrou dat die suster dit aan jou kleertjies sou vasspeld."

Sy word voor die keuse geplaas om by haar pleegouers te bly tot sy klaar is met skool; of om by haar biologiese ouers te gaan woon. Na deeglike oorweging, besluit sy om by haar ouers wat haar grootgemaak het, te bly. Sy belowe nogtans om vakansies en naweke by haar biologiese ouers te gaan kuier.

Die volgende Kersseisoen is 'n ware fees! Sý, Pa Divan, Ma Petra, Pa Roberto en Ma Inge, asook Retief en die tweeling vier almal saam Kersfees.

Dit is vir Elize so lekker om deel van 'n groot gesin te wees. Sy het selfs nou twee Pa's en twee Ma's! Sy is gelukkig en dankbaar. Sy het 'n vol lewe. Sy hou ook nou sommer baie van haar name, en sê dit met trots!

Roberto en Inge trou op 'n koel wintersdag in die Kaap. Dit voel asof die wolke hul toevou; en die son wat lui deur die wolke kom, saam wil jubel oor die blye dag!

www.ingramcontent.com/pod-product-compliance
Lightning Source LLC
Chambersburg PA
CBHW071353130626
46556CB00005B/2161